Now with you in this world
Over time, we spin our thoughts.
Manyoshu love song

今、
この世界で
あなたと2人

―

時重ね、想い紡ぐ。
万葉集の愛の歌

著 **平泉春奈**

監修 吉田裕子

日本文芸社

はじめに

『万葉集』の愛の歌で紡ぐ
現代も変わらぬ恋愛のかたち

みなさんは今、恋してますか？

それはどんな恋ですか？焦がれるような恋？それとも、「好き」と伝えたら「好き」と返ってくるような、安心できる恋？あるいは言葉にできずに秘め続け、今にも苦しくて溢れ出てしまいそうな恋？

人が人に恋をした瞬間、世界は大きく変わります。それはまるで閉ざされた空間に突如風が吹き抜けていくような、真っ暗闇だった場所に優しい光が差し込むような、そんな感覚に近いかもしれません。

いつもどこかで人は誰かに恋してる。
さっきすれ違ったあの子も、目の前でレジを打ってくれてるこの子も、自転車を疾走させてるあの人も。
そしてそれは、過ぎ去りし過去もまだ見ぬ未来も、また同じ。

前置きが長くなりました。愛をテーマに書き続け、未だに愛とは何かと日々考えている、「愛と官能作家」という肩書がすっかり板についてきた私の元に、今回「万葉集」という一見難しそうなテーマのお話を頂きました。なんだなんだと聞いてみれば、口説き文句はこの一言。

「平泉さんが描く万葉集の愛の歌の現代版を、ぜひ一冊の本にしませんか？」

そういうことです。万葉集とはいってもその中から極上の愛の歌を抜粋し、更にそれを私の世界観で現代版に置き換えて絵と物語にするという、個人的にテンション爆上がりなお話でした。

抜粋した歌を読んで解説もじっくり噛み砕いてみたら、そこには1250〜1400年前という途方もないほど昔の時代を生きた人たちの、片想いだったり、禁断の恋だったり、燃えるような愛だったりが存在していて……それは、現代のこの世界でも当たり前のように巻き起こっている恋愛のかたちそのものでした。

時代は変われど人の想いは変わらない。まさにそれなんです。愛は普遍的……なんて言葉にするのも恥ずかしくなってしまうほどありふれた言葉ですが、結局そこに行き着くのだなと感じました。

というわけで。私はそこから一体どんなストーリーを生み出したと思いますか?

この本に収めたのは、45首の恋愛の歌を現代に置き換えた45個の作品たち。今この瞬間、恋に溺れ、恋に悩み、恋に涙し、恋に焦がれるあなたの心に突き刺さる物語が、きっとあるはずです。

今、心の中にいる誰かを思い浮かべながら、もしくはいつかくるその日を夢見ながら、ゆっくり一つひとつの物語を楽しんでくださいね。

平泉春奈

Contents

第 1 章

秘めたる想い

— *Hidden feelings* —

紫陽花が咲く頃

——先生、お元気ですか？
また紫陽花が咲く季節がやってきましたね。
あの日、先生が私に言ってくれた言葉は
今でも大切な宝物です。——

1年前の今頃、
私は女子特有の人間関係のもつれにより
クラスの中で静かに孤立していた。
やがて学校に行くのが怖くなり
いつしかそんな自分の弱さを責めるようになった。
悪いのは弱い私。
もっと強くならなければ、と自分を追い詰めた。

そんな私の異変に
誰よりも早く気付いたのが先生だった。

「辛さは誰かと比べるものじゃない。
きみが感じることが全てなんだよ。
大切なのは自分の心の声に耳を傾けることだ。
きみが今、一番望んでいることはなに？」

湿った雨と紫陽花の甘い香りに包まれながら
私は初めて誰かの前で大声で泣いた。
先生はそんな私を、ずっと抱きしめてくれていた。

先生が別の学校に異動して3ヶ月。
今は、前より学校に行くことが苦ではなくなった。
でも心の中にポッカリ空いた穴は
どうしても埋まらない。
先生じゃなきゃ
埋めることはできないのだと気付いてしまった。

――先生、会いたいです。会えないのならせめて……
あなたの記憶の中にずっといさせてください。
紫陽花を見たら、ほんの少しでいいから
私を思い出してください。
先生、大好きです。ずっと、ずっと――。

きっと私はこれからも
毎年この季節になると先生を思い出すのだろう。
湿った甘い香りと共に
胸にわずかな痛みを残して。

わが形見　見つつ偲はせ
あらたまの　年の緒長く　我れも偲はむ

（笠郎女）

――訳―― ゆかりの物を見ながら、私のことを想ってください、何度でも。
私も、ずっと何年でも、あなたのことをお慕いし続けていますから。

――解―― 笠郎女は、『万葉集』の編者とされている大伴家持の恋人です。ただし、気持ち
には温度差があり、事実上、彼女の片想いだったようです。『万葉集』に掲載さ
れている彼女の歌は29首ですが、その全てが大伴家持に贈った恋の歌。振り
向かなかったくせにそれらを歌集に入れた家持は、なかなかひどい男ですね。

平日午後2時、甘い誘惑

気付けば誰もいない会議室で壁に押さえつけられ、唇を塞がれていた。
彼のスーツの襟元からほんの少しはみ出す鎖骨に
いつもベッドの上で見るそれとはまた違う色気を感じ、思わず胸が高鳴る。

何度も角度を変えて唇が激しく重なる。
苦しさで喉の奥からうめき声が漏れて、ようやく解放された。

「もうっ……なんで……」
「なんか、よそ行きの顔して仕事してるの見てたらムラムラしちゃって」
「やっ……何言って……」

言い終わる前にまた激しくキスをされた。
唾液が絡み合う音と荒い息遣いが室内に響く。
まだ明るい光が差し込む無機質なオフィスが視界に入り
感じた事のない背徳感と高揚感が湧き上がる。

ダメ……と理性が働きかける。
もっと……と本能が求める。

「このまま……したい」

掠れそうな低い声で彼は囁いた。
その一言で本能が理性を上回り、僅かな期待が漏れそうになった。

「……と言いたいところだけど、さすがにお行儀悪いから続きは帰ってからね」

そう言って私の唇に軽くキスをし、意地悪そうな笑顔で出ていった。
取り残された欲望は行き場をなくし、ずっと小さく疼いていた。

青山を　横切る雲の　いちじろく
吾と笑まして　人に知らゆな
（大伴坂上郎女）

訳　青い山を横切る雲ははっきり目立ちますが、そんな風にはっきりと、
私に笑いかけてはだめよ。人に知られてしまいます。

解　付き合い始めたばかりの2人でしょうか。関係を隠そうとしつつも、顔を合
わすと嬉しくて、つい態度に出てしまう。そんなかわいらしい男性の姿が詠
まれています。たしなめている彼女のほうも、まんざらではなさそう。「隠さ
なきゃ」と口では言いながら、内心では皆に自慢したいのかもしれません。

混じり合う記憶の破片 —前編—
揺れる想い、罪悪感を抱いて

初めて本気で好きになった人が、私の夫になることはなかった。
そう、人生なんてそんなものだ。
過去の恋愛は時間と共に少しずつ上書きされて
今、目の前にいる人を愛せるようにできている。
だから大丈夫。そう信じていた。
29歳の誕生日に、一通のメールが彼から届く瞬間までは。

"お誕生日おめでとう。いつまでもきみの幸せを祈ってます。
そして、もう俺の出る幕がないことも(笑)"

ちゃかしたような内容。でもそこにわずかに見え隠れする、彼の想い。
強く胸が締め付けられる。

目を閉じると今でも思い出せる、彼の笑顔。甘い愛の言葉。
ふわりと心に温かい風が通り抜けていくような
くすぐったさとともに感じてしまう懐かしさ。……そして、愛しさ。

その夜私は、当たり前のように夫に抱かれた。
誕生日だからと夫はいつもより更に愛撫に時間をかけてくれた。
何度も感じるオーガズム。その度に罪悪感で胸が張り裂けそうになる。
何に対する罪悪感なのか、多分私は本能でわかっている。

「愛してる……」

溢れる涙を隠すように、夫の背中に強く腕を回し、その胸に顔を埋めた。

あかねさす　紫草野行き　標野行き
野守は見ずや　君が袖振る
（額田王）

→　訳　←　「天皇のもの」という目印の標を張った紫草の咲く野原で、番人は見咎めている
のではないかしら。あなたがあっちこっちへ行きながら、私に袖を振るのを。

→　解　←　天智天皇の主催した狩りで詠まれた歌。額田王は天皇の妻ですが、かつてはそ
の弟である大海人皇子の恋人でした。この狩りで大海人皇子は、あちこち駆け
回りながら彼女に袖を振ります。袖を振る仕草は求愛の意味。今の夫もいる席で、
元恋人が口説いてきた——そんな大胆なシチュエーションの歌です。

混じり合う記憶の破片 ―後編―
忘れたくない想い、月夜に閉じ込めて

3年前別れた彼女は、その後もずっと
俺の心に小さな痛みを伴いながら存在し続けた。

人妻になった彼女はもう俺の知らない顔をして
流れ行く日常を当たり前に過ごしているのだろうか。

そんなことを考えると胸の奥がドロドロしたもので溢れ返り
気付けば彼女の誕生日にメールを送っていた。
魔が差したのか、それとも青白く光る月夜の誘惑か。
乱れた心を必死に隠して送った淡泊な祝福のメッセージ。
でも本当は、心のどこかに淡い期待があった。

"ありがとう。私は今、幸せに過ごしてます。"

何時間も経ってから返ってきたその短い一言に、なぜかホッとしている自分がいた。
そんな矛盾した感情と共に、一つの想いが確かな形となって現れた。

「俺がきみを、幸せにしたかった……」

言葉にした途端、心の中に閉じ込めていた想いが溢れ出した。
後悔していたのだと、彼女を取り戻したかったのだと
今でもまだ愛しているのだと……
気付いた。気付いてしまった。

月はその冷たい光で、嗚咽に震える俺を照らし続けた。
今度こそ自分の力で温かい光を取り戻したいと、強く思った。

紫草の　にほへる妹を　憎くあらば
人妻ゆえに　われ恋ひめやも
（大海人皇子）

訳　紫草のように匂い立つ美しいあなた。あなたが憎いなら、
　　人妻相手にこうして恋心を募らせるでしょうか。憎からず想っているのですよ。

解　大海人皇子の返歌。兄の妻になったからといってあきらめきれない、今も想い
　　続けている、という内容です。堂々と歌集に残っていることを考えれば、この
　　贈答歌はお酒の席での戯れとしてのやりとりと推測されますが、額田王は本当
　　に冗談で詠んだのでしょうか、大海人皇子に未練はなかったのでしょうか――？

雨に隠して、雨に流して

来る、来ない、来る……
頭の中で入り混じる期待と不安。
最初はただあなたを想うだけで幸せだった。
でもいつしかそれだけじゃ物足りなくなって
同じだけの想いが欲しいと思うようになった。
応えてくれないあなたのことを恨むようになった。

雨よどうか隠してください。
ひどく惨めな私の姿を。
雨よどうか洗い流してください。
報われることのないこの想いと
浮き彫りになった醜い心を。

誰そ彼と　われをな問ひそ　九月の
　　露に濡れつつ　君待つわれそ
　　　　　　　（作者不詳）

── 訳 ──

「あの人は誰?」と問わないでください。9月の露に濡れながら、あなたを待つ私を。

── 解 ──

新海 誠 監督の映画『君の名は。』の題名の由来にもなった歌。人の顔が見えづらくなり、「誰そ彼」と質問したくなる夕方の時間帯を「黄昏」と呼びます。あなたが来ないまま、もうすぐ夜が来てしまう……そんな女性の切ない心情を詠んでいます。

これが恋だと気付いた日

「彼氏ができたの」
そう満面の笑みで報告された瞬間、この気持ちの正体を知った。

最初は自分と正反対の素直さに惹かれた。
それはきっと、"こんな風になりたい"という憧れに過ぎないと思ってた。

でも気付けば目で彼女を追っている。
彼女が泣いていると抱きしめたくなる。
恋する彼女を感じると、胸が痛くてたまらなくなる。

本当はとっくに気付いてた。
でも認めたくなかった。
女の子に触れたいと思う自分がひどく汚れて見えた。

あの日……自分の気持ちに気付いた日。
目の奥が急激に熱くなり、ずっとくすぶっていた想いが
意図せぬ形となって吐き出されそうになった。
消えてなくなりたいと思った瞬間、彼女は私を抱きしめた。

「いつもありがとう……これからもずっと親友でいてね。大好き」

彼女の言葉を残酷だとは思わなかった。
いつか終わってしまう恋人関係よりずっといいじゃない。
ずっとそばにいられるんだから……彼女の特別な存在として。

私はやっと、笑顔で「おめでとう」と言えた。

彼女の可愛い笑顔を一番近くで見ながら
私は心の中に溢れる恋心に、今日もそっと蓋を閉める。

目には見て　手には取らえぬ　月の内の　楓のごとき　妹をいかにせむ　（湯原王）

→ 訳 ← 目には見えても手に取ることはできない、月の桂のような
あなたをどうすればいい？　いや、どうすることもできない……

→ 解 ← 湯原王は天智天皇の孫に当たる男性です。出かけた先で、ある女性を見初めて
口説いたのですが、その人はなかなか心を開いてくれません。せっかくこうし
て出会えたのに、どうして……？　そんなもどかしく切ない恋心を、月に生えて
いる大きな桂の木（木犀のこととされる）の伝説になぞらえて詠みました。

『万葉集』とは？

「令和」の出典でもある現存最古の和歌集

　元号「令和」の出典となり、注目を集めた『万葉集』。奈良時代の終わりに編まれた現存最古の和歌集で、全20巻、4500首以上の和歌が収められています。天皇から庶民に至るまで、様々な階層の人の歌が含まれているのが特徴です。磐媛（仁徳天皇皇后）や雄略天皇といった古墳時代の人物の歌も入っているのですが、それらはある種の伝説のようなものと見られ、実質的には、7世紀前半から8世紀半ばまでの約150年間の歌が収められています。

　全体の約1割にも及ぶ約470首の歌を詠んだ大伴家持（718頃〜785年）が、『万葉集』編纂に大きく関わったと見られていますが、この歌集の成立過程には、いまだ不明な点が多く残っています。

　ちなみに、今のひらがなが誕生するのは9世紀半ば。ですから8世紀末に完成した『万葉集』は漢字を使って書かれています。一時「世露死苦」のような表記が流行しましたが、それと似た当て字の一種、万葉仮名で記されたのです。一つ例を見てみましょう。

荒津乃海　之保悲思保美知　時波安礼登　伊頭礼乃時加　吾孤悲射良牟（巻17）
荒津の海　潮干潮満ち　時はあれど　いづれの時か　吾が恋ひざらむ
（訳：荒津の海には引き潮のときも満ち潮のときもあるけれど、どちらのときも私があなたを想わないことがあるだろうか。いつだって強く想っているのです）

　この万葉仮名がひらがな誕生につながります。実際、上の例にある字でも、「安」の草書が「あ」、「礼」の草書が「れ」、「加」の草書が「か」になりました。

　ただ、この歌の5句目「恋ひ」の部分を「孤悲」と書いたのは、当て字としてはややイレギュラー。この箇所を編集した人の工夫が感じられます。『万葉集』に出てくる恋は、思うように逢えずに独りで悲しく相手を想う、まさに「孤悲」でした。英語でいえば「I miss you」。切ない恋心が『万葉集』には詰まっているのです。

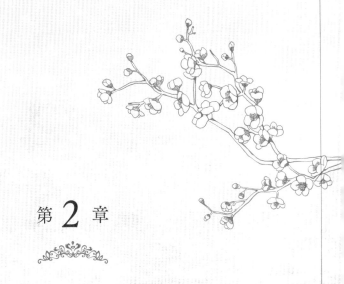

第2章

あなたに逢いたい

— *I miss you* —

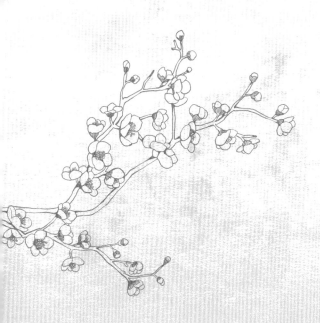

残酷な幸せの先に

時間は私に、幸せと渇きを与えた。

彼と離れ離れになって3ヶ月。
3ヶ月前までは
「会いたいよ」とLINEで送った1時間後、その体温を感じ合い、
喧嘩をしても一度身体を重ねたら、自然と許し合え
辛くて仕方ない日も黙って抱きしめられたら、また頑張れる……
そんな日常が当たり前だった。

たいていの幸せは、失ってから気付くものなのだと痛感した。

光の見えない暗いトンネルをひたすら歩き続けて
やがて自分が歩いているのか立ち止まっているのかさえわからなくなり
曖昧で不確かな時間の中に置き去りにされているみたいな
長くて苦しい3ヶ月だった。

「会いたいな……」

言葉にすると止まらなくなった。
次から次へと、悲しみを纏った大粒の涙が落ちていく。

「泣きたい時は泣いていいんだ」

いつか彼が私に言った言葉が不意に頭をよぎる。

「きっとそれってさ
人が哀しみに耐えられるように作られた
唯一の感情の吐き出し方なんだよ。
だから、我慢するな」

その日、私は私のために沢山泣いた。
あなたを好きでい続けたいから。
そのための強さが欲しいから。
またあなたと笑顔で会える日のために。

このころは　千歳や行きも　過ぎぬると
我や然思ふ　見まく欲りかも

（大伴坂上郎女）

―※―訳―※―　近頃は、あなたに逢えないうちに千年も経ったように感じます。
恋しい気持ちがそうさせるのでしょうか。逢いたいです……。

―※―解―※―　「一日千秋」という四字熟語があります。たった一日が千年（千回の秋）のよう
に長く長く感じられることです。人からは、たった数日や数週間と思われるか
もしれません。でも、一人待つ身には長く感じられるもの。恋を知ったからこそ、
待つ時間の長さを思い知ることになるのです。

月明かりに引き寄せられて

月明かりは梅の花を優しく照らし
寂しくて闇に飲み込まれそうだった私にも
ほんの少しだけ、明るい光を与えてくれた。

不確かな存在でありながら
月は時に強い光を放ち
そこにあるものを美しく彩る。

この光を浴びてあなたを引き寄せたい。
そんなことを思ってしまう自分が
なんとも健気で愛しくなった。

ひさかたの　月夜を清み　梅の花
　　心開けて　わが思へる君
　　　（紀少鹿女郎）

───《 訳 》───

はるか空のかなたに月が清らかに輝いています
ので、月夜に花開く梅のように、私も心を開い
て、愛しいあなたをお待ちしましょう。

───《 解 》───

梅の咲く月夜を、後代の藤原俊成は「春の
夜は軒端の梅を漏る月の光も薫る心地こそす
れ」と詠みました。視覚も嗅覚もうっとりと
満たされていく、そんな幻想的で美しい夜で
す。輝く月を見上げながら、想うのは愛しい
あの人のこと。梅に自分をなぞらえた女性
の可憐さが印象に残ります。

な思ひと　君は言へとも　逢はむ時
いつと知りてか　我が恋ひざらむ
　　　　　　　　　　　　（依羅娘子）

いつか会えるその日まで

「またね」
結局その一言しか言わなかった。

次いつ会えるのか。
そんなことは考えない、言わない。

彼との思い出も
今この瞬間の愛しさも
全部心の中に留めて
忘れないでいられたら
きっと、大丈夫。

訳 ── 思い悩んではいけないよ、とあなたは諭しますが、次はいつ逢えるのかわからないのに、恋しがらずにいられましょうか。

解 ── 依羅娘子は柿本人麻呂が石見国（今の島根県）に赴任したときの現地妻だったようです。彼が奈良の都に戻るときも、彼女は石見に残らなければならない……。いくら彼が「思い悩んではいけないよ」と優しく慰めてくれても、辛い別れです。「行かないで」という言葉を何度も呑み込んだことでしょう。

恋の力

ただ、きみの笑顔が見たくて。

思はえぬに　到らば妹が　嬉しみと
笑まむ眉引き　思ほゆるかも
（作者不明）

<hr>

訳

来ると思っていないときに訪ねたら、彼女は
きっと喜ぶだろうなぁ。嬉しそうな笑顔を想像し
てしまうよ。

<hr>

解

不意に時間ができたのでしょうか。約束なし
で突然訪ねてみるサプライズ訪問を考えてい
る男性の和歌です。「眉引き」は、眉墨で描
いた眉のこと。嬉しそうに笑う目もとを思い
浮かべ、急いで彼女のもとへ駆け付ける、そ
んな健気な男性の姿が浮かんでくるような和
歌です。

星月夜にきみを抱く

たった数日会わないだけで
こんなにもきみの温もりを求めてしまう。
そんな恥ずかしいこと言えるはずもなく
俺は、ただ黙ってきみを強く抱きしめた。

よく渡る　人は年にも　ありといふを
何時の間にそも　わが恋ひにける
（藤原麻呂）

訳

七夕の彦星のように、一年逢わなくても耐えてい
る男もいるというのに、私は少しの間も我慢でき
ない。いつの間にこんなにあなたを好きになった
んだろう。

解

藤原 不比等の四男・藤原麻呂が大伴坂上郎女
に贈ったものです。現代の日本人がクリスマ
スやバレンタインデーと恋愛を結び付けるよ
うに、昔の人は"一年に一度だけ逢える"とい
う七夕の二人のエピソードに、自分たちの恋を
重ねました。一年に一回なんて絶対無理、俺
はもっと逢いたい、と強い恋心を詠んでいます。

甘くて苦い

遠方への転勤が決まった日、彼女は俺に抱かれながら初めて泣いた。
そして最後に消え入るような声で呟いた。

「あたし、この匂い絶対忘れない……」

彼女が好きな香りだからと吸うようになったタバコは
一人で過ごすようになってからも毎日夜のベランダで吸っていた。
もちろん、そんな時はいつだって
彼女の幸せそうな笑顔ばかりが思い出された。

でも1時間前、彼女と電話で話してからは
脳裏（のうり）に焼き付いていた彼女の笑顔は深い悲しみの色に覆われた。

「一人で街を歩いていたらね、あなたのタバコと同じ香りが漂（ただよ）ってきてさ。
つい振り返っちゃったよ」

電話越しの彼女の声は震えていた。
きっと彼女は今、笑ってない。
俺を想って泣いてる。

煙を大きく吸って吐く。
甘くて苦い香りが胸の奥に広がっていく。
この煙が俺の気持ちを乗せて彼女の元に届けばいいのに。
そう願わずにはいられなかった。

足柄（あしがら）の　御坂（みさか）に立（た）して　袖振（そでふ）らば
家（いへ）なる妹（いも）は　さやに見（み）もかも

（藤原部等母麻呂（ふぢわらべのともまろ））

訳 ▶ 足柄の坂に立って、袖を振ったら、
家に居る私の妻は、はっきりと私のことを見るでしょうか。

解 ▶ この作者は埼玉郡（現在の熊谷・行田・羽生あたり）の男性。北九州を警備する防人に選ばれ、妻と遠く離れることになりました。足柄は神奈川・静岡の県境の山。見えるはずはないでしょうが、袖を振らずにはいられないのでしょう。

ただ、きみに会いたい

「愛してる」
「私も……愛してる」
「どこにも行かないで……」
「……ずっといるよ。ずっとそばにいる」

彼女はそう言って、耳、頬、そして唇にキスを落としていく。
彼女の唇から漏れる熱い吐息で、泣きたくなるような幸せに包まれる。

俺たちは何かに追われるかのように強く抱き合った。
お互いの体温が溶け合うように
ほんの少しの隙間もなくなるように、強く激しく。

ああ……彼女がいる。今俺の腕の中に、彼女が……
なのにこの胸の奥を突き刺す痛みはなんだろう。
何か大切なことを忘れている気がする。
でもそれが何なのかはどうしても思い出すことができない。

「……どうしたの？」

そう言って俺の顔を覗き込む彼女の瞳は、潤い小さく揺れていた。

この広い世界の中で、俺の全てを認めてくれるただ一人の人。

何があってもきみを離すものか。
俺は心の中に残る不安を拭い捨てるように
強く彼女を抱きしめた。

瞼の奥に明るい光を感じて少しずつ脳が覚醒していく。
目が覚めると自分の部屋の天井が視界に入る。
そっと隣を見ると、そこにもちろん彼女がいるわけもなく
あの甘くて幸せな時間が全て夢だったのだと気付く。
今もまだ腕の中に彼女の香りと温もりが残っているかのような
残酷なほどリアルな夢だった。

28歳だった。
突然の事故で、ほとんど即死だった。

何もできなかった。何も伝えられなかった。
彼女と叶えたかった未来も
まだ伝えきれていない溢れるほどの愛も
閉ざされ、失われ、行き場をなくし、今もまだ胸の中に渦巻いている。

「もう二度と、きみに触れることはできないのか……」

ふんわりとした癖のある髪の毛も
ふっくら柔らかい唇も
吸い付くような肌も、その体温も

こんなにもまだ、覚えてる。
こんなにもまだ、欲してる。

会いたい……
ただ、きみに会いたい。

夢の逢は　苦しかりけり　覚きて
かき探れども　手にも触れねば
（大伴家持）

—≪ 訳 ≫— 夢での逢瀬は辛いものだなぁ。目が覚めて、探ってみても、この手できみに触れることさえできないのだから。

—≪ 解 ≫— 坂上大嬢に贈った歌。逢うことが叶わないとき、「せめて夢で逢えれば」と人は考えますが、家持は夢で逢うのはむしろ辛いと考えました。所詮ぬか喜びで、起きてから余計に悲しくなるからです。寝ぼけたまま隣を探り、独り寝だったと気付いたときの寂しさはたまりません。

たった一つの願い

ふと空を見上げてみると
青空を横切る大きな雲が視界いっぱいに広がった。
この雲は、あなたの所まで続いてる？

たった一つの叶わぬ願いを胸に抱きながら
空の深い青さと果てしない雲の大きさに
なんだか無性に泣きたくなった。

ひさかたの　天飛ぶ雲に　ありてしか

君を相見む　落つる日なしに

（作者不詳）

≫≪　訳　≫≪

空にかかる雲になれたらなぁ。一日も欠かさず
にあなたと逢いたいから。

≫≪　解　≫≪

毎日顔を見たいと願う、ひたむきな恋の歌。
こんなふうに詠むということは、思うように
は逢えない日々なのでしょう。「ひさかたの」
は「天」にかかる枕詞で、特に訳しませんが、
空の雄大さを感じさせるニュアンスがありま
す。「てしか」は願望の助動詞、「む」は意志
の助動詞です。

『万葉集』の時代

飛鳥時代、奈良時代ならではの歴史ロマン

　最初の勅撰和歌集である『古今和歌集』が編まれたのは905年、『源氏物語』の成立・流布が確認できるのは1008年です。教科書などで出会う古典文学は、平安時代（794〜1185年）の作品が多いのです。

　対する『万葉集』は8世紀後半に成立。歌が詠まれた主な時代は、飛鳥時代・奈良時代です。十七条憲法や遣隋使派遣で知られる聖徳太子の歌もあれば、大化の改新で活躍した中大兄皇子（天智天皇）や中臣鎌足（藤原鎌足）の歌もあります。また、唐・新羅との白村江の戦いに向かう途中の歌もあれば、大仏建立を指示した聖武天皇の歌も。この間に、飛鳥、難波、近江、藤原京、平城京など何度も都は変わっています。内政も外交もダイナミックな動きを見せたのが、『万葉集』時代の2世紀でした。

　こうした時代背景ですから、必然的に、優雅で技巧的な平安時代の和歌とは違うものが生まれます。たとえば、唐・新羅との戦いに敗れた後、北九州の守りを固めるために、防人という警備兵が置かれたのですが、夫が防人に選ばれ、離れ離れになってしまうことを嘆く夫婦の歌は、とても悲痛です。

　また、平安時代には、恋の和歌にもある程度のパターンができつつありました。噂や垣間見などで女を見初めた男が情熱的な恋歌を送る。女はそっけなく返して、相手の誠意を試す。いざ結ばれた後、熱意を失っていく男に対し、女が恨み言をぶつける。そういうふうに歌のシチュエーションが固定化され、それぞれの場面での表現テクニックも洗練されていったのです。

　一方、『万葉集』の時代には、まだそれほどパターンが固定化されていません。「女は（男は）こう詠むべき」などと決まっていないので、詠みぶりが自由です。振り向いてくれない相手に対し、片想いの気持ちを爆発させる女性（笠郎女）もいれば、夫の流罪の報を受け、「道を焼き尽くしたい」と詠んだ女性（狭野茅上娘子）もいます。このように男も女も本音を率直に詠んでいるのが、『万葉集』の恋の歌のおもしろさです。

第3章

切なさを抱いて

— *Embracing Sadness* —

雨上がり、恋の終わり

捨て去るべき想いがある。
胸の奥が常に針で刺されているような
時々苦しくて息ができなくなるような
耐え難くて切ない、でも震えるほど愛しい
そんな想いが、ある。

その日はいつもより気温が高くて
彼は着てきた薄手の上着を忘れて帰った。
あれから2週間、彼からの連絡はない。

「会いに来て」とも「会いたい」とも私からは言わない。
彼が来たい時に来るのを受け入れる。私はただ待つだけ。
それがいつしか暗黙のルールとなった。

彼の上着にそっと鼻を近づける。
私が初めて心から愛してしまった男の香りは
まだそこに強く残っていた。
激しく彼に抱かれた夜を思い出す。

「愛してる」の言葉の代わりに、彼は何度も私を抱いた。
まるで空き続けた時間と心の隙間を埋めるかのような
滴る汗と愛液にまみれた激しいセックス。
"この男に愛されなければ生きてはいけない"
そんな呪縛が彼と身体を重ねるたび、刻まれる。

「わかってるよ……こんなの不毛だって」

人はなぜ、正しい答えがわかっていても
それに向かって真っ直ぐ進むことができないのだろう。
教科書はなぜあるの?先生はなぜいるの?
正義って何?幸せって何?
私は、私はなんで……

韓衣　君に打ち着せ　見まく欲り
恋ひそ暮らしし　雨の降る日を
（作者不詳）

窓の外では雨がしとしと降り続き、昼だというのに薄暗かった。
じっとり湿った空気が身体に纏わりついて、気持ち悪い。
心が鉛のように重いのは、きっと毎日続くこの雨のせいだ。

早く青空が見たいな……
カラリと晴れた広い青空を心に描いたら
どこか気持ちが軽くなった。

長い雨が止んで厚い雲の隙間から晴れ間が見えたら……
この上着を返しに行こう。
私はもう、待たない。

本当に欲しかったもの

「帰らないで」
そう言えたら楽なのに。

思わず彼の大きな背中に抱きつく。
この背中が欲しいと強く思った。

男を感じるだけじゃない、心の底から安心できた。
あなたがそばにいるだけで頑張れる気がした。
あなたに抱かれるだけで私は私らしくいられる気がした。
この温もりこそが、愛なのだと思った。

それなのに今、こんなにも私の心は冷えていく。
あんなにも欲し続けた温もりは
あまりにも刹那的で曖昧なものなのだと気付いてしまった。

「ごめん、行くよ」

振り返ることもなく私から離れていく背中。
ああ私、いつもあなたの背中ばっかり見てる。

本当に欲しかったのは背中なんかじゃない。
私だけを見つめる熱い瞳。
愛おしそうに触れる大きな手。
「愛してる」の言葉。

ただ一つ。
あなたの愛が、欲しかった。

天雲に　翼うちつけて　飛ぶ鶴の
たづたづしかも　君坐さねば　　　　（柿本人麻呂歌集）

訳	雲に翼を打ち付けて飛ぶ鶴はずいぶんと頼りなさそう。私も同じ。あなたなしでは心細くてたまらない。
解	歌の中心は「たづたづし」。「たどたどしい」と同じ語で、心もとなく危なっかしい、頼りない様子を指し、音が同じ「鶴」の連想から上の句ができました。誰かを愛してしまった以上、もう独りでは生きていけないのです。

抗いたい想い

賽は投げられた。
もはや運命に向かって事は進み始めたのだ。
だから決して抗うことなどできない。

「海外……転勤？」
「ごめん……」

彼はたった一言、かろうじて聞き取れるくらいの小さな声でそう言った。
謝る必要なんてないのに。私があなたを責められるわけもないのに。

でも……ほんの少しの抵抗も見せてくれないの？
運命を嘆いて、恨み言を口にすることもしないの？
心の中に渦巻くそんなドロドロした感情が私の口を開かせた。

「もし今私が事故に遭って歩けない身体になったら
全てを捨ててそばにいてくれる？」

彼は、黙って私を強く抱きしめた。
顔に押し付けられた広い肩は、わずかに震えていた。
その震えを隠すように、私を抱く腕に更に力がこもる。

私のバカ……
辛いのは、悲しいのは、寂しいのは、私だけじゃないのに。

「……ごめんなさい」

涙が溢れる。胸が苦しい。
私は彼の背中に手を回し、その切なくて優しい温もりを身体に覚えさせるように
強く抱き返した。

君が行く　道の長手を
繰り畳ね　焼き滅ぼさむ　天の火もがも
（狭野茅上娘子）

◆訳◆　あなたが向かう長い道のりを、手繰り寄せ、
　　　　燃やし尽くしてくれる天の火があったらいいのに。

◆解◆　狭野茅上娘子は中臣宅守と結ばれますが、彼は越前国（今の福井県）に流罪とさ
　　　　れます。原因は定かではありませんが、一説には、二人が禁断の関係にあったから
　　　　だとも。宅守の旅路を案じ、一刻も早い帰京を願う悲痛な思いが表れています。

刹那的狂愛

人は結局誰のものでもないのに
時に、狂おしいほど独り占めしたいという想いにかき乱される。
それはきっと人間の弱さであり傲りなのだろう。

彼は唇で私の舌を咥えこみ、そのまま口内で犯し続けた。
苦しい快楽を感じながら、私は彼の舌の動きに必死に応えた。
いきり立つ彼のものは深く私の中を奥まで突き刺していく。
内側から大切な何かが剥ぎ取られていくような
でもそれと同時に乾き切って干乾びていたものが瞬時に潤っていくような
"幸せ"と言うにはあまりにも頼りない
"不確かな悦び"に包まれた。

互いの粘液が擦れる音と荒い呼吸が共鳴する。
この世界に彼と私の2人しか存在していなかった。

「ああ……もっと……」

彼は私の想いに応えるように、激しく腰を動かす。
苦しみと快感が同時に押し寄せて、私は大きく叫んだ。

穢れた欲情が膨れ上がる。

もっと私を汚して。
もっと私を苦しめて。
今だけは……この瞬間だけは、私のものになって。

天地の　底ひの裏に　我がごとく
君に恋ふらむ　人はねあらじ
（狭野茅上娘子）

訳　世界中、地の果てまで探したって、
私ほど、あなたを恋しく想っている人はいないでしょう。

解　P.51と同じ狭野茅上娘子の歌。焦がれ死にでもしそうな彼女ですが、宅守が戻る日
まではで、何とか生きていこうと考えます。他に「我が背子が帰り来まさむ時のため命
残さむ忘れたまふな」（愛しい人の帰京まで生きよう。私を忘れないで）という歌も。

溢れる想い、名前はまだない

あの日、先生は俺に言った。

「きみはとても不器用なんだね。
でも本当はすごく愛情深くて優しい子だって
わかってるよ。背伸びしなくていいの。
きみが思うほど周りはそんなに
大人じゃないんだから……」

12歳年上の彼女が「教師」として俺の前に現れた時から
何かが狂い始めた。

同年代の女子たちとは全く違う
声のトーン、仕草、表情。
「大人の女」という言葉を同級生が陰で使っていた。
先生をそういう目で見ている奴は
きっと沢山いただろうけど
俺は、そんな奴らとは違う。

先生が見る世界を同じ場所から見たいと思った。
先生が毎日何を想い、何に悩み
何を感じて生きているのか、知りたかった。

でもどう足搔いても対等になんてなれるわけもなく
いつしかそんな空回りしている自分の存在が恥ずかしくなり
心の奥底で暴力的な感情が渦巻くようになった。

俺に押し倒された先生は表情一つ変えずに
真っ直ぐ俺を見ていた。
そしていつもと変わらない柔らかい言葉で
惨めな俺の存在を認めてくれた。

「なんで俺、こんなに苦しいんだ」

深いオレンジ色の空がやけに眩しくて目の奥に痛みを感じる。
と同時に世界の輪郭がひどく曖昧になっていき
自分が泣いているのだと気付いた。

早く大人になりたい……

その時の俺は、心の中に芽生えた強い感情の正体を
まだ知らなかった。

思ひ出でて　術なき時は　天雲の　奥処も知らず　恋ひつつぞ居る　　（作者不詳）

　　訳　　あなたを思い出し、どうしようもないときには、遥か天の雲の果てほどに恋し
　　　　　さを募らせています。

　　解　　恋しい気持ちがどこまでも膨らむ様子を雲に例えています。雲の上の高貴な人
　　　　　に恋する、身分違いの片想いも連想される歌です。

雨に願う想い

雷神の　少し響みて　さし曇り
雨は降らぬか　君を留めむ

（柿本人麻呂集）

◆ 訳 ◆　雷が鳴り、空が曇り、雨が降らないだろうか。そうす
れればあなたをここに引き止めておけるのに。

◆ 解 ◆　新海誠監督の『言の葉の庭』にも印象的に用いられた
歌。作中では雨宿りが主人公たちの出会いになりまし
た。ちなみに大和言葉に「遣らずの雨」という言葉が
あり、来客を引き止めるかのように降る雨をいいます。

雨が生んだ奇跡

雷神の　少し響みて　降らずとも
我は留らむ　妹し留めば
（柿本人麻呂集）

訳　雷が鳴らなくても、雨が降らなくても、君が引き止めてくれるなら、私はここに留まるよ。

解　前のページが女性の歌、このページがそれに応える男性の歌です。寂しがって「帰らないで」と訴えかける彼女を優しく受け止めています。通い婚の時代の歌ですが、現代にも通じる情景です。

哀雪

「東京はきっと可愛い子ようけおるんじゃろうなぁ」
「変わらんじゃろ、どこ行っても」
「……付き合いとかもあるじゃろうし、遊んでもええけど
……たまにゃあうちのこと思い出してぇよ？」
「……は？」
「うちのこと、忘れんでぇよ……」
「忘れるわけねぇじゃろ！あほ！」

そう言って彼は、強く私を抱きしめた。
押し付けられた彼の肩が涙で滲んでいく。

もう……笑うて送り出そう思いようたのにな……

うち日さす　宮のわが背は　倭女の
膝枕くごとに　吾を忘らすな

訳

輝く都に戻るあなたよ、大和の女性と
膝枕をするたびに、私のことを忘れて
いかないでくださいね。

解

これは東歌、東国の女性が詠んだ歌
です。都から赴任してきた官人と恋
仲になったのでしょう。彼が都に戻
るとき、辛くても付いていくことが
できない彼女は、きっと都で新しい
女ができるだろうと切ない想像をし
ながらも、忘れないでと訴えます。

世界の美しさを知ったから

俺は今、彼女をこの手で抱けることに
言いようのない悦び（よろこ）を感じていた。

彼女は俺に抱かれながら激しく喘ぎ声を漏らし
何かにすがるように俺の髪の毛を掴んだ。

「ああっ……もうだめ……!!やめて！」
「ダメだよ……もっと、見せて」
「もう……おかしくなりそう……」
「おかしくなって……もっと乱れて」

俺は彼女の全てを暴く（あば）ように
激しくその中をこじ開けていく。
彼女は哀願（あいがん）しながら、何度も身体を痙攣（けいれん）させた。

狂おしいほどの愛しさがほとばしる。
でもこれは、未来のない刹那的な恋だった。
彼女への想いが増幅するにつれ
行き場をなくした欲望だけが、大きく膨れ上がっていく。

"こんなことなら出会わなければ良かった"
そんな想いがよぎる。

だけど……
彼女に出会えて初めて知った感情が今の俺を支えていた。

彼女に出会えて、この世界の美しさを知った。
彼女を愛することは、俺がこの世界を生きていくために
どうしても必要なことだったんだ。

もしこの愛に代償があるのなら
どうかそれを受けるのは、俺だけでありたい。
そう強く願いながら、彼女の全てを奪うかのように
夢中で抱いた。

かくばかり　恋ひむとかねて　知らませば
妹をば見ずそ　あるべくありける　　　　（中臣朝臣宅守）

—※—　訳　—※—　　これほどまで苦しく思い焦がれることになると知っ
ていたら、あなたを抱かなければよかったなぁ。

—※—　解　—※—　　こんな思いをするくらいなら出逢わなければよかっ
た、という、英語の仮定法のような歌。しかし現実に
もう出逢ってしまっており、そして身を焼くような恋
心を共有していること自体が、二人の熱い絆なのです。

儚き想い、近づく夜へ

本当はわかっていた。ずっと前から気付いていた。
私が彼の特別な女の子じゃないって事くらい。

なんで彼なんだろう。
自分でもなぜだかわからないまま、焦がれ続けていた。

手を繋ぎたいのも
キスをしたいのも
抱きしめられたいのも
名前を呼ばれたいのも
好きだと……あなたが大好きだと
どんなに遠い場所からでも届くくらいに大きな声で
真っ直ぐその想いを伝えたいのも彼だけで。

ずっと、彼だけだった。

一歩、また一歩と歩くたびに
彼への想いを断ち切るのだと自分に言い聞かせながらも
その意志を拒否するかのように、とめとなく涙は溢れ出す。

ずっと走り続けてきた足を今だけ、止めてもいいかな。
ずっと我慢してきた涙を今だけ、流してもいいかな。

近づく夜の闇の中に儚く散っていくその想いを
強く、そして静かに吐き出した。

相思はぬ　人をやもとな　白たへの
袖ひつまでに　音のみし泣かも
（山口女王）

訳 ── 振り向いてくれない人のことがどうしようもなく恋しくて、袖が濡れるほど号泣することになるのでしょうか。

解 ── 大伴家持に贈った歌。「相思はぬ」ですから、家持は振り向かなかったようです。和歌の世界では、「袖が濡れる」など涙を印象的に描写します。「袖を絞る」「枕浮く」「涙の川」といった少し大げさな表現もあります。

『万葉集』の男性歌人

勝者も敗者も貴人も庶民もみな歌を詠んだ

『万葉集』の巻1の巻頭歌は、雄略天皇の長歌。一部を引用すると、「菜摘ます児　家聞かな　名告らさね」といった歌です。菜を摘み取っている女性に声をかけ、家や名前を尋ね、求婚している和歌です。半ば伝説上の和歌であり、実際に雄略天皇が詠んだのかは怪しく、解釈や位置付けも分かれているのですが、4500首を超える大きな和歌集の第1首が天皇の恋の歌であるというのは興味深い事実です。

『万葉集』には他にも、舒明天皇、天智天皇（中大兄皇子）、天武天皇（大海人皇子）、聖武天皇など、各時代の政治の中心にいた天皇の御製（天皇の詠んだ和歌を特にこう呼ぶ）が多く収められています。その一方で、政権闘争に敗れ、非業の死を遂げた有馬皇子・大津皇子の歌も収録されています。

大伴旅人、大伴家持、山上憶良など、数々の男性歌人がいる中でも注目されるのは、後に紀貫之の『古今和歌集』「仮名序」で「柿本人麻呂なむ歌の聖なりける」「又、山部赤人といふ人ありけり。歌にあやしく、妙なりけり。人麻呂は赤人が上に立たむこと難く、赤人は人麻呂が下に立たむこと難くなむありける」と並び称された柿本人麻呂・山部赤人です。彼らは貴族としての身分はさほど高くないのですが、歌の才能によって朝廷に重用された「宮廷歌人」という存在であったと見られています。柿本人麻呂の数ある歌の中でも、愛する妻が亡くなった際に詠んだ「泣血哀慟歌」は印象的です。

また、『万葉集』には庶民の男性歌人も多数登場します。印象的なのは、北九州の警備に当たる防人を任じられた人たちの歌です。主に巻20に掲載されており、ごく一部、「今日よりは返り見なくて大君の醜の御楯と出で立つ我は」と勇ましい歌を詠んでいる人もいますが、大半は、

足柄の　御坂に立して　袖振らば　家なる妹は　さやに見もかも

わが妻は　甚く恋ひらし　飲む水に　影へ見えて　世に忘られず

などと、妻や父母、子との別れを嘆く悲痛な歌を詠んでいます。

第 **4** 章

越えたくて

— wanna exceed —

波音が遠く消えゆくその場所へ

激しく押し寄せる波が岩に打ち付けられ
その度に低い波音がとどろく。
そしてまた、何事もなかったかのように新たな波を立たせる。

現実に向き合うたびに疲弊して
魂がすり減っていく私とは大違い。
そんな事を思って、思わず自嘲する。

強くいられると思っていた。覚悟もあった。
でももう、私は私の弱さに気付いてる。

なによりも向き合いたくなかったのは自分自身だった。
情けなくて脆くてどうしようもない自分から逃げて
例え幻想でもいっときの幸せに浸っている自分に酔っていたかった。

でもふと、感じた。
現実から目を背けて、どうして本当の愛を手にすることができるの？
好きな人に心から愛されない私を、私だけは愛してあげたい。
私を愛してあげなきゃ、きっと誰かを
心から愛することはできないのだと。

「もう、いいよね」

私はそっと荒ぶる海に背を向けて、歩き出した。
波の音が聞こえなくなるまで、決して振り向かないと心に決めて。

伊勢の海の　磯もとどろに　寄する浪
恋き人に　恋ひ渡るかも
　　　　　　　　　　　　　　　　　　（笠女郎）

訳 ── 伊勢の海の激しく打ち寄せる波のように、私も心を
　　　打ち砕きながら、尊いあなたに恋し続けています。

解 ── 家持に贈った恋歌のひとつ。絶えず打ち寄せる波に、
　　　自分の片想いを例えています。岸壁にぶつかっては
　　　砕ける波のように、報われない恋をする彼女の心も
　　　日々打ち砕かれていたのでしょう。

全てが終わるその時まで

運命なんて結果論に過ぎない。

私はあなたを待つと決めた。
何年でも何十年でも。
他の誰でもない、自分の意思で。

きっとどんな選択をしたって後悔はする。
それなら私は、今自分が信じる道を選ぶ。

そしていつか自分の人生を終える時、胸を張って言うの。
「これは運命だったんだ」って。

ありつつも　君をば待たむ　うちなびく
わが黒髪に　霜の置くまでに　　　　　（磐姫皇后）

訳　このままずっとあなたを待ち続けましょう。私のなびく黒髪が白くなるまでずっと。

解　「うちなびくわが黒髪」という言葉から、艶やかな黒髪が思い浮かびます。古の歌人たちは、白髪になることを「霜が置く」「頭の雪」などと美しく表現しました。仁徳天皇の后だった彼女は、"英雄色を好む"状態の夫に、内心穏やかでなかった模様。『古事記』には彼女が嫉妬の炎を燃やしたエピソードが記録されています。

また、恋が始まる

最後に恋をしたのはいつだったんだろう。

"男は裏切るけど仕事は裏切らない"
なんて、いつの時代の台詞だか
わからない言葉に励まされながら
悪いのは全て環境や周りのせいにして生きてきた。

「仕事ばかりだと疲れませんか？恋愛とかしたらいいのに」

会社の部下に酔った勢いで言われ、カチンと来た。
10歳も年下の彼は人懐っこくて
昔飼ってた犬に似ている。
一緒にいると、不覚にも心がじわりと
温かいもので満たされて
ひどく危険な感じがした。

「恋愛なんて人間をダメにするもの。
愛だの恋だのに振り回されて
大事なもの見失って人生が狂って
それでも幸せなんて言えるほどおめでたくないの。
……きみはまだ若いから
そんなこと言ってもピンと来ないと思うけどね」

言い終わって妙な恥ずかしさが襲ってきた。
ただの強がりだ。
なんとなくバツが悪くて謝ろうとしたら
突然彼に手を掴まれて引き寄せられ、唇を塞がれた。

何が起こっているのかわかるまで、少し時間がかかった。
柔らかい感触は一瞬で離れ、今度は激しく重なる。
彼の舌が強く口内に侵入し
ドス黒い邪気を吸い取るかのように私の舌を捕まえる。

身体中が熱くなり、鼓動が高鳴っていく。
彼は唇をゆっくり離し、耳元で囁いた。

「今、どんな気持ちですか？」

ドキッとした。彼は気付いていた。
気付かないふりをして蓋をしていた
私のどうしようもない恋心に。

「怖がるなよ、大人のくせに」

そう言って強く私を抱きしめた。
目の奥が熱くなり、涙が溢れる。

そう……私はずっと怖かった。
愛することも、愛されることも。

誰かを愛して傷つくことが怖かった。
誰かに愛されて傷つけることが怖かった。
でもそれは私自身が愛に飢えていたからだ。
本当は誰よりも愛を欲していた。
溢れるほどの、与えたい愛があった。

私はその夜、彼に抱きしめられながら
のしかかる恋の重さと同時に、温かい幸せを感じていた。

恋は今は　あらじとわれは　思ひしを
何処の恋そ　掴みかかれる
<small>いづこ</small>　<small>つか</small>
<small>（広河女王）</small><small>ひろかわのおおきみ</small>

◆≋≫ 訳 ≪≋◆　今やもう恋になど縁がないだろうと思っていたのに、どこの恋が私につかみかかってくるのでしょう。

◆≋≫ 解 ≪≋◆　年を重ねた後、思わぬ恋をしてしまった女性の歌です。「恋が自分につかみかかる」という表現が、意図せずに落ちる恋の特質をよく表しています。そうした大人の恋は思いのほか情熱的に燃え上がるもの。彼女は「恋草を力車に七車積みて恋ふらくわが心から」（恋が草なら車七つ分）という歌も残しています。<small>ちからくるま</small><small>ななくるま</small>

瞬く輝きの中で

桜が美しく咲き乱れた3月の終わり。
それは、長い月日を共に歩んできた彼と最後に見た桜だった。

「桜ってさ、一瞬しか咲かないから綺麗に見えるのかな」
「ふっ、なに可愛いこと言っちゃってんの。女子かよ」
「……なんだよ」
「ははっ、むくれた顔も可愛いねぇ」

彼はそう言って俺の頭を優しく撫でた。
突然外でこういうことをされると胸がキュッとする。
そう感じてしまうほど、俺たちは普段外での接触を控えていた。

俺はそっと彼の指先に自分の指先を絡めた。
彼は驚いた顔をして、俺の顔をジッと見つめた。

「もう帰ろ？……早く、ちゃんと触りたい」

言いながら顔が熱くなっていくのがわかる。
でも恥ずかしさよりも、彼への愛しい想いが
勝ってしまったのだから仕方がない。
彼はこぼれそうな笑みを浮かべ、俺の手を握った。

全てを包み込んでくれるようなその優しい笑顔は
今もまだ脳裏に強く焼き付いて、俺の心をかき乱す。

あれから3年。もう俺の隣に彼はいない。

俺たちの関係は、満開の桜のようなものだった。
一瞬の輝きが悲しくなる程美しかった。
これ以上の幸せはないと心から信じていた。

なぜ手放した。
なぜあの時あんな選択をした。
俺にはどうしたってあなたしかいなかったのに。

もしあの日、もっと違う言葉をかけていたら
もしあの時、もっと遠く先の未来を見つめていたら
何かが違っていたのかもしれない。

手のひらを上に向けると、ふわりと桜の花びらが降り立った。
でもすぐに、生暖かい風がさらっていった。

なんだかおかしくなって、気付いたら笑っていた。

流れゆく時間は止まることも戻ることもない。
無情に進んでいくその流れの中で
一瞬の輝きを思い出に変えていかないといけないのだ。

過去を越えていこう。
桜は一瞬で散ってしまうけど、そこで終わるわけじゃない。
必ずまた、次の花を咲かせるのだから。

あしひきの　山桜花（やまざくらばな）　一目だに
君とし見てば　我れ恋ひめやも

（大伴家持）

—※ 訳 ※—　山桜をせめて一目でも、あなたと一緒に眺められたら。それが叶えば、こんなにも花を恋しく思いやしないけれど。

—※ 解 ※—　これは、大伴家持が大伴池主という男性に贈った歌です。二人は親友で、家持主催の宴に池主が参加し、共に漢詩を作るなどしていました。赴任地の関係上、再会を願いながらもなかなか叶わず、この歌も手紙で贈られました。気持ちの通じ合う相手と見れば、どんな景色もその美しさを増すのです。

『万葉集』の女性歌人

皇后から地方の名もなき乙女まで

❖◆❖◆❖

　万葉集には、「春過ぎて夏来たるらし白妙の衣干したり天の香具山」の持統天皇や、光明皇后のような天皇の后といった高貴な女性の和歌も収められています。皇族の女性歌人としては、他に「うつそみの人にある我や明日よりは二上山を弟背と我見む」など、悲劇の死を遂げた弟・大津皇子を悼む歌を詠んだ大伯皇女が有名です。

　『万葉集』の代表的編纂者は大伴家持と見られており、彼の周りの女性の歌がたくさん収録されています。たとえば、家持のおばであり、姑でもある大伴坂上郎女は80首以上の和歌が残っており、「恋ひ恋ひて逢へる時だに愛しき言尽くしてよ長くと思はば」（巻4）や「夏の野の繁みに咲ける姫百合の知らえぬ恋は苦しきものを」（巻8）などの恋歌は有名です。

　他に、家持の恋人の一人であったらしい笠郎女の和歌も多く収められています。「我が形見見つつ偲ばせあらたまの年の緒長く我も偲はむ」「思ふにし死にするものにあらませば千度ぞ我は死に還らまし」（いずれも巻4）など、家持に対する情熱的な片想いの歌ばかりです。彼女に冷淡だった家持は、いったいどんな気持ちで、これらの歌を『万葉集』に収めたのでしょうか。

　また、東国で詠まれた「東歌」の中に次のような歌があります。

稲春けば　皹る吾が手を　今宵もか　殿の若子が　取りて嘆かむ（巻14）

稲春きは、稲の籾を臼に入れて杵で春くこと。そうした農作業で乙女の手は荒れ、皹ができています。彼女の恋人はお屋敷に住む有力豪族の若様。今夜も彼は荒れた手をいたわり、「かわいそうに」と愛おしんでくれるのかな……という想いを歌っています。これは、実話の歌だとも、「こうやって健気に頑張っていれば、いつか優しい王子様に見初められるはず～♪」と農作業中に皆で歌っていた民謡だとも見られていますが、どちらであったにせよ、名もなき東国の乙女心も収められているのが、『万葉集』なのです。

第5章

愛しい君よ

— *Dear you* —

きみが僕にくれたもの

自分のことが嫌いだった。

親は可愛気のある弟の方を愛した。
友達は形だけの付き合いだった。
女の子と付き合ってもいつもフラれて終わった。
捨て台詞は「なんか、違った」。言い返す気力もない。

僕なんか、この世界から消えてなくなればいいのに。
そう思いながら生きてきた。

でもきみはそんな僕に、嘘いつわりのない愛情を注いでくれた。
大きく空いた心の穴を、温かいもので満たしてくれた。
僕は、きみが笑うと自然と笑顔になれた。

目を閉じれば眩しいくらいの笑顔ばかりが思い出される。
ずっとその笑顔に救われてきたのだと
きみと離れてから気付いた。

あの日きみは、僕が僕であることを許してくれた。
一人じゃないのだと気付かせてくれた。
生きることの喜びを
愛することの尊さを
教えてくれた。
きみの愛が僕を強くした。

全部、きみが僕にくれたもの。

遠くあれば　姿は見えず　常のごと
妹が笑まひは　面影にして

（作者未詳）

訳　離れているので、実際には姿は見えないけれど、あなたの笑顔は、
いつもいつも面影として浮かんできます。

解　羇旅、つまり旅先での歌です。都に恋人を残し、心細い旅路を行く男。
その心の支えは、忘れようと思っても浮かんでくる、愛しい人の笑顔でし
た。写真など無い時代だけに、きっと切実に思い浮かべたことでしょう。

その壁を越えて

「なあ、好きって言って？」
「え～、いやっちゃけど」
「言うてって言いよるたい」
「言わされんの嫌とって。」
「だって……そうでもせんと絶対言ってくれんやん……！」
「え？泣きようと？」
「……もういい、どうせ身体目当てっちゃろ」
「こらこら、何てこと言いいようとかねきみは」
「ほら、そうやって……エッチできればいいと思って」
「……好きでもない子にこんなことするわけないやん？」
「……」
「……俺きっと、お前以外の子好きになれんと思うし」（小声）
「え？」
「だけん…もう。愛しとるよ」（耳元でボソッと）
「うう……うわあん！！」
「泣かんで（笑）」
「も……もう1回言って……」
「もう言わん！」

恋ひ恋ひて　逢へる時だに　うつくしき
言つくしてよ　長くと思はば

おおとものさかのうえのいらつめ
（大伴坂上郎女）

―― 訳 ――　恋しい恋しいと焦がれ続け、やっと逢えたそのときぐらい、
　　　　　　素敵な愛の言葉を聞かせてね。私との恋を長く続けたいのなら。

―― 解 ――　思うように逢えず、切なく恋焦がれる時間が長いのでしょう。不安で
　　　　　　この関係をやめてしまいたいと思うときもあるのでしょう。だからこ
　　　　　　そ、せめて逢えたときははっきり言葉にしてほしい、一人の時間を支
　　　　　　えるお守りになる愛の言葉をもらいたいという乙女心が伝わります。

その先の何か

好きを超えるって、あるのかな。

「……なんか、チューしたい……」
「どうしたの。珍しく積極的」
「……嫌？」
「嫌なわけないでしょ。おいで」

彼は上に覆いかぶさった私の首筋に手を添えて
私を優しく引き寄せ唇を重ねた。
口内に彼の舌がゆっくり入り込んできて
私の内側の欲望を暴くかのように探索する。
唾液が絡む音が小さく響き、それを聞いているだけで
下半身が熱を持って疼き始めた。

「お……なんかもう、すごいことになってるよ」

彼は私のスカートの中に手を滑り込ませながら意地悪な笑顔で囁く。

「もっと……もっとしたいの、沢山して……」

鼓動が速まっていく。私、なんか変だ。
十分愛されているはずなのに、拭い切れないこの不安はなんなの？
「好き」だけじゃ足りない。「キス」だけじゃ足りない。
もっとその先の何かが欲しい。欲しくて欲しくて、たまらない。

彼は私を下にして、首元に顔を埋めた。

「煽るなよ、どうなっても知らないから」

私は身体中に渦巻く欲望を全て解放させ
不安を感じる隙間もなくなるくらい、彼と強く抱き合った。

魂は　朝夕に　賜ふれど　我が胸痛し　恋の繁きに　　　（狭野茅上娘子）

訳　　あなたの魂は朝も夕もおそばに感じているのに、恋し過ぎて胸が苦しいのです。

解　　愛しい人と引き裂かれた狭野弟上娘子。遠くにいる彼が自分を想ってくれていることは確かに感じるのに、それでも満たされません。そばに生身の彼がいないことが、ただただ切なく、深すぎる愛情を持て余す日々なのです。

柔らかい愛を求めて

夢を掲げて就職した俺を待っていたのは
冷たく乾いた現実だった。

狭く濁った空。
人がひしめき合う雑音。
息苦しい満員電車。
味が濃いだけのコンビニ弁当。
理不尽な言葉たち。
嘘の笑顔、閉ざされた本音。

疲れ切った心の片隅に、彼女の柔らかさを想う。

開いたドアの向こうには
ずっと求めていた彼女の温かい笑顔があった。
心で考えるより先に、彼女を抱きしめていた。

「ごめん……ほんの少しだけでも会いたくて」

彼女は俺の背中に腕を回した。

一目だけのつもりだった。
でももう……無理だった。

俺は現実から逃げるかのように彼女を抱いた。
彼女は優しく全てを受け入れてくれた。

春の野に　すみれ摘みにと　来しわれそ
野をなつかしみ　一夜寝にける

（山部赤人）

訳　春の野原にすみれの花を摘みに来たところ、
妙に心惹かれたから、そのまま一晩寝てしまったなぁ。

解　文字通りの春の歌と見ることもできますが、すみれを女性の比喩とする
見方もあります。ちょっと話すぐらいのつもりで逢いに来たら、愛おし
さが募り、そのまま泊まってしまったのかも。

ベッド横に生けてあったスミレの香りと
彼女の柔らかい温もりに包まれながら
その日は久しぶりに
朝までゆっくり眠ることができた。

髪をくぐる長い指先

昨夜、初めて彼に抱かれた。
彼の息遣いや体温、そして脳が痺れるほどの甘い言葉を
今でも鮮明に覚えてる。

でもなによりもその感覚が染みついているのは、終わった後の腕枕。
私を包み込む大きな腕と髪を撫でる長い指先には
しがらみだらけの過去を全て受け入れてくれる強さがあった。

今もまだ髪の毛に彼の残り香がある。
愛おしそうに私の髪の毛を撫でながら囁いた、彼の言葉をかみしめる。

「やっと、一つになれた」

それは私の気持ちだった。
ずっと彼に抱かれたかった。
ずっと彼に受け入れられたかった。
拒絶されることが怖くて踏み出せないでいた私を
彼は何の躊躇もなくさらってくれた。

「本当に、私でいいの？」

始まる瞬間、思わず漏れた弱音。それは劣等感からくるものだった。
彼は震える私を抱きしめて、迷うことなく言った。

「きみがいいんだ」

長年私を縛り続けてきたものはその瞬間
柔らかい泡になって膨らみ、小さく弾けた。

「なんか……私が私じゃないみたい」

恋は人を変えるとはよく言ったものだ。
世界がこんなにも明るいなんて初めて知った。
想いが溢れて叫び出したい気持ちになるのを必死に堪え
私はようやく立ち上がり、仕事に行く準備を始めた。

朝寝髪　我は梳らじ　愛しき
君が手枕　触れてしものを

(作者未詳)

訳　　朝の寝ぐせの髪。くしでとかしたりはしません。
　　　愛しいあの人の腕枕に触れていた髪の毛ですから。

解　　与謝野晶子にも『みだれ髪』という恋歌集がありますが、一晩を過ごした後の
　　　寝乱れ髪はとても色っぽいモチーフです。この詠み手は初々しい女性でしょう
　　　か。腕枕の感触を思い出しながら、幸せに浸っている姿が思い浮かびます。

誰よりも可愛いきみと

「あ～……だめだ」

「え？」

「浴衣……可愛すぎて我慢できない」

「ええ？我慢できないって……」

「チュー、していい？」

「こんなところで？誰かに見られないかな……」

「大丈夫だよ、人はたいてい自分の半径1メートルぐらいしか見えてないから」

「何それ(笑)。そんな変な理論、聞いたことないよ」

「ほらもう、黙って……」

「ん……」

多摩川に　さらす手作りさらさらに
なにぞこの児の　ここだし愛しき
（作者不詳）

訳　手織りの布をさらして洗う多摩川のさらさらとした流れ。その「さらさら」
ではないけれど、「さらに」こんなに彼女が愛おしいのはなぜだろう。

解　東国で詠まれた東歌には、関東の地名がよく出てきます。ここにも、東
京などを流れる多摩川が登場。「さらす」「さらさら」「さらに」の音の
重なりを用いた序詞という技法を用いてリズミカルに詠んでいます。

届け

言葉にできない想いがある。
なぜかはわからない。
きっと……言葉にしてしまうと
本当に大切なものが
こぼれ落ちてしまいそうになるから。

だから心の中であなたに届けたい。
溢れるほどの、この想いを。

秋山の　樹の下隠り　行く水の
吾こそ益さめ　念ほすよりは

（鏡王女）

訳　　秋山の黄葉の下を流れる水のように密かにお慕いしています。水量が増すように、私の想いも増すばかり。それはあなたが思うより、ずっと強いものなのです。

解　　天智天皇の妃で、後に藤原鎌足の妻になった女性の歌です。この歌は、天智天皇の「妹が家も継ぎて見ましを大和なる大島の嶺に家もあらましを」（常に見たいから、あなたの家が山の上にあってほしい）に応えたものです。

妻の男気

「なあ、ちょっとだけ、こうしとってええ？」

「ええけど……なんかあったん？」

「……べつに」

「ちょ、気になるやん」

「だって……愚痴るんなんか甘えやし、男らしくないやんか」

「あたしに抱きついてる時点ですでに十分甘えてるやん」

「はああ……もう。俺な？
自分が思ってたよりずっと人としてダメかもしれへん……」

「……」

「自分は絶対間違ってへん……って、思っとったんやけど、全然見当違いでな
周りに言われるまで気付く事もできひんかった。ええ歳してダメダメや……」

「今更何言うてんの。あんたがまだまだな事くらいあたしが一番よう知っとるし
安心して自分をダメと思ってええよ」

「おーーいーーー！傷口に塩塗り込むなや～」

「ダメでええやんか。自分をダメや思えるところから全ては始まるんやで？
あんた、ようやくスタート地点に立てたんや。えらいやんか」

「……」

「あたしも全然ダメダメやで。2人で成長していこうや。
あんたのダメな所、あたしも一緒に背負ったるわ」

「おまえ……」

「ん？」

「男らし過ぎや！！(笑)」

塵泥の　数にもあらぬ　われゆえに
思ひわぶらむ　妹がかなしさ
（中臣宅守）

訳　塵や泥のような、取るに足らない僕のために、辛い思いをしているだろうきみ
が愛おしい。

解　夏目漱石『三四郎』に、「Pity is akin to love.」ということわざが出てきます。
この「憐れみは恋の始まり」は、日本人も抱いてきた感覚。「可哀想」は「可愛
想」とも書きますし、この歌の「かなしさ」も愛おしさに繋っています。

あなたと

「愛してる」なんて言葉じゃ足りなくて
一つに重なり合うみたいなキスを
あなたと何度でも。

常人の　恋ふといふよりは　余りにて
我れは死ぬべく　なりにたらずや

（大伴坂上郎女）

訳　私の想いは、ふつうの人の言う「恋しい」なんて言葉にはおさまりません。私は
　　もうあなた恋しさに死んでしまったではありませんか。

解　太宰治の愛人に、太田静子という人がいます。彼女のもとに速達が届いたので、
　　何ごとかと思って見ると、原稿用紙にはこの和歌だけが書かれていたそうです。
　　キザな激情家の太宰らしいエピソードですね。

『万葉集』の恋歌の魅力

恋に一喜一憂するのは昔も今も同じ

『万葉集』に収められているのは、現在からおよそ1250～1400年前の歌です。遠い昔の作品なのですが、ストレートに表現された感情は時を超え、現代の私たちにも響きます。たとえば、本書にも登場する額田王という女性歌人の歌に、

　　君待つと　我が恋ひ居れば　我が宿の　簾動かし　秋の風吹く（巻4、巻8）

という歌があります。愛しい人の訪れを今か今かと待ち焦がれる。そういうとき、人は敏感になり、ちょっとした物音にも反応してしまいます。額田王も、簾が揺れたことに気付き、「あっ」と期待して振り返ったわけです。しかし、それは男の訪れではなく、ただ秋風が吹いただけでした。このとき額田王がついた小さなため息は、1350年の時を超え、私たちのもとに届くようです。

　私たちも、好きな人からの連絡を待ち侘びているとき、スマートフォンの画面が光ると期待してしまいますよね。飛びつくようにして覗き込んだのに、どうでもいい広告の通知だった――そんながっかりした経験を持つ人は、額田王の歌に心から共感できるはずです。

　ところで、大化の改新で有名な中臣鎌足（藤原鎌足）がこんな歌を詠んでいます。

　　我はもや　安見児得たり　皆人の　得難にすといふ　安見児得たり（巻2）

　安見児という女性の詳細は不明なのですが、どうも天智天皇から美しい采女（天皇に仕えた女官）を譲り受けたようなのです。喜びのあまり、「俺は安見児を手に入れたぞ！　皆がなかなか手に入れられない安見児を手に入れたぞ！」と2回繰り返すあたりに、彼の嬉しさが爆発しています。着ている服が違っても、住んでいる家が違っても、使う言葉が違っても、恋に一喜一憂する感情は普遍的。このことをしみじみ感じられるのが、『万葉集』の恋の歌なのです。

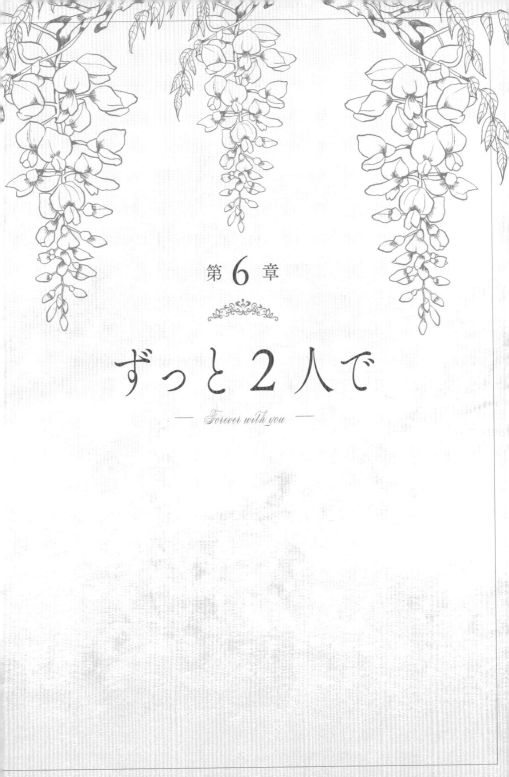

第 6 章

ずっと2人で

― *Forever with you* ―

なでしこのように

今日、花屋で真っ赤な撫子の花を見つけた。
花言葉は「純粋で燃え上がるような愛」なのだと聞いたことがある。

きっときみは知らないだろう。
きみといると、いまだに胸が苦しいくらいドキドキすることを。
いつかこの日常が思い出に変わってしまうんじゃないかって怖くなることを。

きみに出会い、それまで感じてきたものは恋ではなかったのだと気付いた。
涙が出るほどの幸せがあることを知り
同時に、初めて自分以外の誰かの幸せを願った。

「俺の事、好き？」
「なに、急に。……知ってるくせに」
「たまには言葉にしてほしいんだよ」
「あんたはどうなの」
「俺？俺は……好き、ではない」
「……え？」
「愛してるよ」

言葉にした途端何かが溢れ出し、俺はきみの唇に自分の唇を激しく重ねた。
柔らかい唇の隙間から吐息と共に小さな喘ぎ声が漏れ、胸が高鳴る。
最初受け身だったきみは、やがて積極的に俺の愛に応え始めた。

きっとこれは、泣きたくなるほど儚く脆い関係だ。
それでも今、俺の腕の中にはきみがいる。

激しく燃え上がるような時間も、穏やかで愛しい時間も
どうか終わらないで。この先もずっと……。

石竹の　その花にもが　朝な朝な
手に取り持ちて　恋ひぬ日無けむ

（大伴家持）

訳　　君が撫子の花だったらなぁ。毎朝、毎朝、手に取って愛でるだろうに。

解　　家持がいとこの坂上大嬢に送った恋歌。「愛でない日はない」と情熱的です。撫子は「撫でし子」との掛詞になります。ふつう自分の子供を表す語ですが、彼女を愛撫するイメージも重なってくるようです。

ただ一つの覚悟

ただ好きだからという理由で一緒にいられるのは
きっと、若いうちだけだ。

「……別れよう」
「なんで……」
「世界が、違うから」
「は？」
「だって……ごめん、こんな言い方。
これから社会に出るあなたと私とじゃ
生きてる世界が違い過ぎるもん……きっとわかり合えないよ。
私、あなたのこと大好きだけど……怖いの、好きでいることが。
どんどん好きになっていくことが……何年経っても私はいつだってあなたより
10歳以上も老いていて、あなたはきっとどんどん素敵になる。
私、あなたの隣にきっといられなくなる。だから……」

言葉が詰まる。指先が冷えていくのがわかった。
しばらく黙っていた彼はやがて、ゆっくり私の方に近づき震える手を握りしめた。
温かくて大きな手。年下なんて少しも感じられないくらい
私はこの手を頼りにこの2年間生きてきた気がする。

なんて愛しくて大切なものを手放そうとしてるんだろう、と
胸がえぐられる気持になった。
下を向いたまま必死に涙を堪えていると、彼が私の額にキスをした。

「結婚しよう」

頭上に響いたその一言に驚き、即座に振り仰ぐと
彼は今までにないくらい優しい笑顔で私を見つめていた。

「あなたが年齢を気にするのはよくわかるよ。
きっとそのしがらみは一生ついて回ると思う。
でもね、それは全て不安から来る実体のないものに過ぎない。
俺はさ、もうとっくに覚悟を決めてたよ。あなたと一生一緒にいる。
愛し続ける努力をする。時にはあなたの逃げ道になる。
……俺を信じて、"はい"って言って？」

ああ……私はとんだ大バカ者だ。
何が「生きてる世界が違う」だ。
彼の方がよっぽど私より広く大きな世界を生きていた。

私は返事の代わりに彼の胸に飛び込んだ。

「やっと言えた……」

耳元で低く囁かれた声はわずかに震えていた。
私は強く彼を抱きしめた。
ただ一つの覚悟を胸に刻んで。

百年に　老い舌出でて　よよむとも
我はいとはじ　恋は増すとも

（大伴家持）

⟫⟫⟫ 訳 ⟪⟪⟪　　あなたが百歳になり、老い、口にしまりがなくなってヨボヨボになっても、
　　　　　　　僕は嫌いになったりしません。恋する気持ちがもっと増すことはあってもね。

⟫⟫⟫ 解 ⟪⟪⟪　　「老い舌」は、歯が抜けるなどして口元に締まりがなくなった口に見られる舌。
　　　　　　　「よよむ」とは、年老いて腰が曲がってしまう様子。どんな姿になってもあなた
　　　　　　　を愛し抜くよ、というひたむきな想いを詠んでいます。

私の幸せ

相対的な幸せには何の意味もない。
自分の幸せは自分で決めるもの。

私はあなたに寄り添い、生きていくと決めた。
それが私の幸せだって
やっと、わかったから。

秋の田の　穂向の寄れる　かた寄りに
君に寄りなな　言痛くありとも

（但馬皇女）

訳　秋の田の稲穂が、風に揺れて他の稲穂に寄りそうように、私もあなたに寄り添っていましょう。世間に何を言われたとしても。

解　但馬皇女が異母兄妹の穂積皇子に贈った恋歌です。当時は母親が違っていれば、兄妹でも結婚することができたのですが、彼女はそのとき高市皇子という男性の家にいました。不倫の恋と糾弾されても揺らがない、強い決意が伝わります。

きみを想う5月の空

もしきみが今
寂しくて泣いているなら
どうかそばにいる誰かじゃなくて
俺を思い出してほしい。

俺の心はいつもきみのそばにいるから。

我が身こそ　関山越えて　ここにあらめ
心は妹に　寄りにしものを

（中臣朝臣宅守）

訳　いくつもの山を越えた遠い場所にいるけれど、僕の心はあなたのそばにいます。

解　P.52、88の狭野茅上娘子の恋人が中臣宅守です。奈良の平城京から遠く離れ、越前へ流罪になった宅守。遠く離れても彼女を想い続け、十数首の歌を詠んでいます。1年数ヶ月後、大赦（刑罰の免除）で帰京することができたようです。

あなたを想う9月の海

あなたへの想いが
会えない時間と共に膨れ上がっていく。
心も身体もあなたの熱い体温を求めてしまう。

どうかこんな風に思っているのが
私だけじゃありませんように。

我も思ふ　人もな忘れ　なほなわに
浦吹く風の　止む時なかれ

（笠女郎）

　　訳　　私があなたを想うように、あなたもどうか私を忘れないで。
　　　　　まるで、止むことのない海風のように。いつもいつも。

　　解　　歌人たちは自然の景色を見ながら、そこに自分の想いを託しました。そうした
　　　　　詠み方を「寄物陳思」といいます。「海風がずっと吹くようにずっと愛して」と
　　　　　例えた彼女の心には、激しい恋の嵐が吹き荒れていたのでは。

今、この世界であなたと2人

「ん……先生っ……あたし、もう……」
「……もう"先生"じゃないよ」
「あ……」
「いいよ、きみに先生って呼ばれるの好きだから」
「先生……気持ちいい……」

先生の細くて長い指先が、私の中をじっくり掻き回す。
もう片方の手は私の乳房を包み込み
舌先でそっと、そそり立つ先端を舐め回した。
彼の指が、唇が、舌が私の身体をなぞるたび
自分は抗いようもなく、女という艶めかしい生き物なのだと自覚する。
私の中でずっと眠っていた持て余すほどの情欲は
やっと出番がきたとでも言うように、甘美な光の中を自由に踊り出す。

まるで乾いた土が大量に水を与えられたかのように、突然それは来た。
閉じた目の奥が白い光に包まれて、全ての感覚が下腹部の一点に集結する。

「ああもう……ダメッ……」

快感の熱に全身が焼き尽くされ
私はそのまま深いオーガズムの底に落ちていった。
先生はぐったりと横たわる私の唇にキスを落とした後
ゆっくりと私の中に入ってきた。
なんの引っ掛かりもなく、あっという間に先生の全てが私の中に収まった。

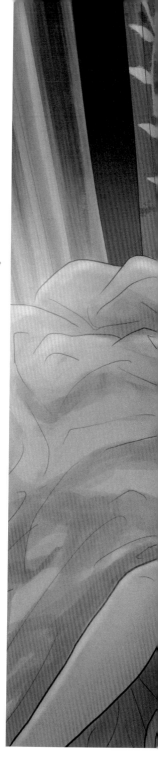

「よく濡れてる」

先生は笑いながら私の耳元で低く囁いた。

「や……恥ずかしい」
「嬉しいよ……動いてもいい？」
「はい……」

先生は私を気遣うようにゆっくり動き出した。
視界に映る先生の顔は
見たことないくらい切なそうな表情をしていた。
ほんの少し瞳が揺れていて、その目は私だけを見つめている。
わずかな痛みと共に、感じたことのない幸せが溢れてくる。

きっとこれは
長い人生の中でほんの一瞬だけ見ている
幸せな夢なのかもしれない。

それならそれで、いい。
今だけは、この狭くて愛しい世界を
先生と生きていきたい。……生きていく。

人もなき　国もあらぬか　吾妹子と
携ひ行きて　副ひてをらむ　　　　　（大伴家持）

訳　誰もいない国はないのでしょうか。愛するあなたと手
を取り合い、そこでずっと寄り添っていたいものです。

解　坂上大嬢に送った恋の歌。わずらわしい人の目を避
け、口さがない人の噂を逃れ、2人だけの国で一緒
にいたい……そんな想いをストレートに表現したロ
マンチックな作品です。

紅く染まりゆく時間

「なに？」
「ん？べつに〜」
「や、めっちゃ視線感じるし」
「へへへ……なんだろ、ずっと見てられるくらい、好きだなあと」
「……何年一緒にいると思ってんの」
「お？」
「……なんだよ」
「なんか、顔赤くない？」
「バカ、空が赤いからだろ……」
「うふふふふ」
「気持ち悪いヤツ……」

朝月の　日向黄楊櫛　古りぬれど
何しか君が　見れと飽かざらむ

（柿本人麻呂）

──❀ 訳 ❀──　僕たち夫婦は日向の黄楊櫛のように古い付き合いですが、どうしてあなたを
どれだけ見ても飽き足りないのでしょう。

──❀ 解 ❀──　朝、西に沈みかける月は、東から昇る日と向き合います。したがって、「朝月の」
は「日向」を導く枕詞なのですが、この語があることで、朝早い時間に愛おし
い人の寝顔を見つめる男性の姿が浮かぶようでもあります。

ずっと2人で

"いつ死んでもいい"
どこかそんな風に思いながら生きてきた気がする。
でもきみと出会って僕は、"長生きしたい"と思うようになった。

歳を重ねていくきみの笑顔をずっと見たいと思ったから。
きみの残りの人生に自分の残りの人生を重ねたいと思ったから。
きみと同じ景色を見て同じものを食べて同じ空気を吸って
人生が終わるその瞬間まで、きみと生きていきたいと思ったから。

一緒に、生きていこう。

栲縄の　長き命を　欲りしくは
絶えずて人を　見まく欲りこそ

（巫部麻蘇娘子）

訳　　縄のように長く続く命が欲しいのは
いつまでもあなたを見つめていたいからです。

解　　彼女には他に「わが背子を相見しその日今日までにわが衣手は乾る時も無し」（あなたとの逢瀬の日から今日に至るまで、私の衣の袖は切ない涙で乾く間もありません）という歌もあり、一心に相手を想っていたことがわかります。

おわりに

『万葉集』の歌は
今日の私たちの物語

『万葉集』の恋の歌を官能的なイラストと物語で味わい直す。
この意欲的な本の企画をお聞きしたとき、スタッフとして携わることができるのを大変光栄に思いました。

和歌の世界には、古歌を踏まえ、自分なりに新しく展開してみせる「本歌取り」という技法が多数使われました。本書も、平泉さんが『万葉集』のメッセージを受け止め、令和の物語として新たに展開した、一種の「本歌取り」と捉えることもできるでしょう。

私は普段、幅広い世代の人に古典を教えることを仕事にしています。その中で、もちろん『万葉集』を教えることもあります。
講座中、受講者さんが目を輝かせる瞬間があります。それは、「古典の人々も今の私たちと同じなんだ」と実感したときです。千年以上前の古の人々が、自分たちと同じように片恋を切ながっている。別れに打ちひしがれている。こうしたことを知ったとき、はるか昔の歴史の話のように思えた作品は、今日のあなたのものになるのです。

まずは、平泉さんのイラストと物語を存分にお楽しみください。そして心惹かれたページについては、和歌の訳と解説まで目を通していただけたら嬉しいです。環境が許せば、和歌を音読してみるのもいいでしょう。多少の字余り・字足らずはありますが、五七五七七を基本とした歌のリズムは馴染み深いものです。その美しさとともに、人間の普遍的な恋心が胸に沁みわたることでしょう。

吉田裕子（監修、和歌解説・コラム）

1000年以上も前の誰かの愛を、
今を生きる誰かの愛に繋げた

万葉集の愛の歌を私なりの解釈で現代の恋愛に置き換えて書く……。正直、その事実に最初は多少びびってました。歴史的に名を残す偉人や、その時代を必死に生きてきた人の大切な想い。その本当の想いをよく知りもしない私が、勝手な解釈で汚してしまうことにならないだろうかと。

でも書き終えてみて、「ああ……良かったな」そう思ったんです。別に正しい解釈で書けたから良かった、という意味じゃありません。この作品の制作を通じ、「誰かを心から愛する」ってなんて尊いことなんだろうと感じることができた。そのことに心から満足したんです。

私は過去の恋愛を現代に置き換えるとこうなる！っていう「現代の恋愛あるある」を書いたんじゃない。ただ、想いを繋げたんです。1000年以上も前の誰かの愛を、今を生きる誰かの愛に繋げたんです。
時代を超えてもなお、誰もが心の中に持っている愛おしく尊い想い。常にそのバトンは次の世代に受け継がれています。私は、今できる最大の力を使ってそのバトンを繋げたんだと思ってます。壮大な話じゃなく、ごくありふれた、すぐそこにある愛しい日常の話として。

この瞬間、隣にいる大切な誰かは、過去でも未来でもなく、「今」を共に生きる人。そんなことを想いながら、今夜は大切な人に、いつもなかなか言葉にできない自分の想いを伝えてみてはいかがでしょうか。

著　平泉春奈（ひらいずみ　はるな）

アーティスト／イラストレーター。愛と美と官能をテーマに、主にカップルイラストと短編小説を創作。2つのアカウントを持つ Instagram や Twitter などの SNS フォロワー数は合わせて 64 万人超（2021年 2月時点）。現代を代表するイラストレーターとして『ILLUSTRATION 2021』（翔泳社）に掲載。近年は雑誌『anan』（マガジンハウス）の「SEX 特集」の挿絵やブライダルリングのウェブ CM イラスト・物語を担当するほか、コスメ、ランジェリー等の企業タイアップも多く手がける。また、ヴィレッジヴァンガードとの企画展にてコラボグッズを多数展開。著書デビュー作『愛のかたちをまだ知らない』（KADOKAWA）は発売後、即重版の大ヒット。

監修（和歌解説・コラム）　吉田裕子（よしだ　ゆうこ）

国語講師。東京大学教養学部卒。大学受験 Gnoble、カルチャースクール、企業研修などで講師を務めるほか、NHK E テレ「ニューベンゼミ」に出演するなど、古典や日本語に関わる仕事に数多く携わっている。著書『正しい日本語の使い方』（枻出版社）は 12 万部を突破。ほかに『万葉集がまるごとわかる本』（晋遊舎）、『イラストでわかる 超訳 百人一首』（KADOKAWA）、『心の羅針盤をつくる 「徒然草」兼好が教える人生の流儀』（徳間書店）、『仕事は「徒然草」でうまくいく～【超訳】時を超える兼好さんの教え』（技術評論社、沢渡あまね氏との共著）など著書・監修書多数。

　編集協力：坂尾昭昌、小芝俊亮（G.B.）
　　　　　カバー・本文デザイン：山口喜秀、市川しなの（Q.design）

今、この世界であなたと2人
時重ね、想い紡ぐ。万葉集の愛の歌

2021 年 3 月 20 日　第 1 刷発行

著　者　　平泉春奈
　　　　　ひらいずみはるな
監　修　　吉田裕子
　　　　　よしだゆうこ
発行者　　吉田芳史
印刷所　　図書印刷株式会社
製本所　　図書印刷株式会社
発行所　　株式会社 日本文芸社
　　　　　〒 135-0001　東京都江東区毛利 2-10-18　OCM ビル
　　　　　TEL　03-5638-1660（代表）

Printed in Japan
112210308-112210308 Ⓝ 01（290047）
ISBN978-4-537-21877-0
Ⓒ Haruna Hiraizumi 2021
（編集担当：藤井）

内容に関するお問い合わせは、
小社ウェブサイトお問い合わせフォームまでお願いいたします。
https://www.nihonbungeisha.co.jp/